AF580564

Raphaël 5
Et la Pierre de la Destinée

R.J.P Toreille

Raphaël 5
Et la Pierre de la Destinée

Roman

LE LYS BLEU
ÉDITIONS

ISBN : 979-10-377-2142-6

Chapitre 1
L'existence

Deux ans ont passé depuis leur voyage à la mer.

Raphaël et ses amis, depuis les cuisines du château, discutent normalement autour d'un petit déjeuner, un matin d'automne :

— Pour combien de temps la reine et Édouard sont-ils en voyage d'affaires ? demande Raphaël.

— Pour trois mois, répond Bella.

— Je m'inquiète sérieusement, on ne sait jamais ce qui pourrait arriver, dit le prince Olivier.

— Non ! Avec Charles et Rose, ils vont se défendre, intervient Alice.

Raphaël se sentit mal, posa doucement son bol sur la table, décida de se lever et sortir.

— Où vas-tu ? demande Alice.

— Je vais prendre un peu d'air, je ne me sens pas très bien, répondit Raphaël.

— On vient avec toi, dit le prince de Réas.

Ils se lèvent, sortent de la cuisine et prennent l'air sur le pont en pierre de la deuxième entrée du domaine du château de Réas.

Raphaël se posa sur le bord du pont en pierre et regarda attentivement la porte en pierre pendant que les autres regardaient vers le jardin du château. Soudainement, Céline arriva sur le pont de pierre et demanda :

— Que faites-vous ?

— Rien, on prend l'air, répondit Bella.

— Je n'avais jamais remarqué qu'au-dessus de la porte en pierre il y avait un visage ?

— Le visage, c'est mon père, répondit Olivier.

Raphaël regarda alors le prince Olivier sourire puis notre jeune prince expliqua :

— Je dois aller dans la salle du trône, ma mère est absente, il faut que je continue le travail.

Le prince Olivier a reculé et est rentré dans le château.

Il a ensuite laissé nos héros seuls sur le pont mais les soldats qui étaient présents suivirent le prince vers la salle du trône et regardèrent Olivier qui s'assit sur le trône de sa mère pour réfléchir.

Au même moment, dans la bibliothèque, le professeur Kurt trouva un livre et découvrit quelque chose qui, selon lui, pouvait les aider.

Avec des gros yeux énormes, il partit ensuite rejoindre le prince, muni de l'énorme livre.

Il arriva dans la salle du trône et dit alors :

— Je suis stupide, pourquoi n'ai-je pas pensé plus tôt !

— Qu'est-ce que c'est ? questionna le prince Olivier.

Le professeur se rapprocha du prince, ouvrit le livre et expliqua qu'il existe une solution pour vaincre le roi Nomrad.

— Êtes-vous sûr ? demanda le prince de Réas.

— Regardez attentivement.

Le prince s'empara du livre et le lit.

Il appela un soldat de l'armée et décida d'aller chercher nos héros qui étaient sur le pont.

L'homme part vers la deuxième entrée du domaine et quelques minutes plus tard, ils les trouvent en disant :

— Venez, le prince veut vous voir.

Ils se retournent et Alice demande :

— Pourquoi ?

L'homme expliqua que c'était important et nos héros le suivirent jusqu'à la salle du trône.

Arrivé, Raphaël demande au prince :

— Qu'est-ce qu'il y a ?

— Voyez ce que Kurt a trouvé, dit le prince Olivier.

Céline prend le livre et le lit avec nos héros. Ils commencent à sourire et demandent :

— Quelle est l'arme, quelle puissance a-t-elle ?

— La pierre de la destinée, il a le pouvoir de connaître l'avenir de chacun, répond le professeur Kurt.

Nos amies continuèrent de lire le livre.

Pour sa part, le roi de la salle du trône de son château a espionné nos amis de son trône dans sa boule de cristal et a trouvé cette découverte très intéressante.

Il a appelé Andrew, son serviteur, et a ordonné la recherche de la pierre partout pour connaître son destin.

— Allez pour cette pierre et faites des recherches ! s'exclama le souverain.

— Oui, Majesté ! répondit Andrew.

— Alia et Gordon étant en mission, je ne sais pas qui envoyer maintenant.

— Je vous suggère de trouver un nouveau combattant, dit le lieutenant qui est à ses côtés.

Le monarque accepte la proposition de Mitcha et Nomrad demande à son aigle noir se trouver sur son sceptre pour aller chercher des combattants dignes du royaume de Palès.

— Prends ton envol et va chercher de bons combattants, ordonne Nomrad à son aigle.

Il s'envole par la fenêtre à la recherche de combattants dans le royaume qui sera digne de Palès et du monde des ténèbres.

Quasiment au même moment, Andrew et le lieutenant ont rassemblé des troupes pour chercher des informations sur la fameuse pierre de la destinée qui obsède Nomrad, le terrible roi de Palès. Ils sont allés dans les bibliothèques commencer leur recherche commune.

Arrivés dans la bibliothèque, chacun d'entre eux saisit plusieurs livres et commence à chercher plus d'informations possibles.

Pendant ce temps, au château de Réas, nos amis espèrent partir à la recherche de la pierre.

— Est-ce un moyen de trouver la solution pour vaincre le roi et ses partisans ? demande Raphaël.

— Oui, sûrement. C'est une idée, mais pourquoi ne pas essayer ? propose le professeur Kurt.

Le prince Olivier se lève du trône et demande à Céline de lui donner le livre gentiment.

— Le livre, demande-t-il en tendant la main droite.

Cependant, tout à coup, le livre disparaît des mains de Céline et s'envole entre les mains du prince.

— Comment as-tu fait ça ? se questionnent Alice et Bella.

— Je ne sais pas, répondit le prince Olivier.

Le professeur explique que le prince Olivier est le fils de la reine Marianne et du roi Philippe et s'ils ont des pouvoirs, le prince en a aussi.

— Vous êtes le fils de Philippe et Marianne, donc vous avez des pouvoirs qui arrivent.

Le prince Olivier est surpris par l'arrivée de ses pouvoirs de télékinésie.

— C'est grandiose, j'avais commencé à avoir des doutes depuis l'âge de dix ans.

Raphaël s'approcha du prince et le félicita avec un baiser sur sa joue mais quelque chose lui préoccupait l'esprit, il était discret.

— Raphaël, qu'est-ce que tu as ? demande Bella.

— Je réfléchis, espèce de patate douce, explique-t-il en rigolant bêtement.

Alors, notre jeune héros décide de prendre une décision et la plus risquée de toutes ses propres aventures du passé.

Chapitre 2
L'espoir

Raphaël explique qu'il ira seul chercher la pierre et vaincre le roi.

Le prince dit aussitôt :

— Je viens avec toi !

— Ça serait avec joie mais comme ta mère n'est pas là, il vaut mieux que tu restes ici, répondit notre jeune héros.

Bella décide de rester dans le château et promet de le soutenir jusqu'au bout.

Raphaël dit après :

— Merci, vous êtes extraordinaire.

— Nous sommes là pour ça. Notre objectif est de protéger le bien, explique le professeur Kurt.

Alice et Céline demandent à vouloir l'accompagner, mais il refuse, et veut y aller seul.

Il décida de retourner dans sa chambre et de partir demain matin, tandis que le prince pensait qu'il ne s'y rendrait pas et demandait à Alice et à Céline de le suivre au cas où quelque chose se produirait.

— Vous le suivez, car s'il lui arrivait quelque chose, je serais en colère toute ma vie, explique le prince Olivier avec tristesse.

Ils acceptent et après avoir été remerciés, ils retournent dans leurs chambres et gardent le plus grand espoir de leur vie.

La nuit tomba sur le château, Raphaël se réveilla avec le prince à côté de lui, endormi, et se demanda s'il ferait mieux de vaincre Nomrad sans la pierre.

Il se leva pour réfléchir sérieusement et se posa devant une fenêtre, quand tout à coup Bella avec un chandelier lui demanda :

— Est-ce que ça va bien, Raphaël ?

— Oui, très bien, répond-il.

Bella continua son chemin sans rien dire. Raphaël releva la tête et regagna sa chambre, préférant retrouver la pierre en premier.

Le soleil se leva, notre jeune héros, à cheval avec son épée et son bouclier, dit :

— Je reviendrai sain et sauf.

Les autres ont l'air inquiet et le vieil homme lui a donné des conseils pour la route.

— Passe par la forêt pour ne pas tomber sur les troupes du roi. Voici un plan pour te rendre chez un enchanteur qui peut t'aider à trouver la pierre que j'ai décrite, conseille Kurt.

— Merci beaucoup, remercie notre héros.

— De rien, je t'aime et fais attention à toi, tu es précieux et merveilleux pour moi, annonce le prince Olivier.

Il part seul pour aller jusqu'à la pierre, quand Alice et Céline le suivent avec des soldats de l'armée, ordonnés par Olivier.

Les autres sont revenus au château.

— Je vais vous apprendre à maîtriser le pouvoir, prince Olivier, propose le vieil homme.

— Avec joie, dit le prince.

Quelques minutes plus tard, Raphaël descend de son cheval et marche seul le long du chemin en traversant des obstacles difficiles à franchir.

Il réussit à les traverser et arrive à l'entrée de la forêt que le professeur lui a mentionnée.

Au même moment, Andrew, le serviteur du roi, rejoint son chef dans la salle du trône et lui déclare pendant que l'aigle noir est arrivé et s'est posé sur le sceptre de Sa Majesté :

— Majesté, nous vous avons trouvé des combattants.

— Très bien, félicitations mon petit aigle, répond le monarque assis sur son trône en caressant son animal de compagnie, duquel il prend grand soin, qui est sur son sceptre.

Le roi se leva et se dirigea vers l'amphithéâtre du château.

Le lieutenant déjà présent dit :

— Je pense que vous trouverez la personne que vous recherchez.

Dans l'amphithéâtre, il y a beaucoup de combattants que le roi trouve intéressants et qui s'assirent avec Andrew et le lieutenant.

Soudain, une personne avec un visage caché dans un manteau noir dans le public se leva et sauta dans l'arène.

Cet étranger a enlevé son manteau et a laissé apparaître une femme d'environ quarante ans, capable d'utiliser la télékinésie.

Elle est vêtue d'une robe rouge et orange avec les cheveux attachés comme un chignon.

Elle a réussi à mettre tous les combattants au sol en si peu de temps avec des techniques de combat à mains nues et par la magie.

Le roi l'applaudit et la femme le salue.

— Très bien ! s'exclame le roi.

— Je suis un bon combattant et je m'appelle Luchiana.

— Rejoignez-moi dans la salle du trône, j'ai une proposition, explique Nomrad

— J'arrive majesté, dit-elle.

Le roi part avec Andrew et le lieutenant dans la salle du trône et ils sont rejoints par Luchiana.

En arrivant dans la salle du trône du roi, la sorcière demande :

— Quel est votre souhait ?

— Je veux que tu me rapportes la pierre de la destinée qui est, selon mes fidèles, dans les montagnes et que vous me capturiez Raphaël vivant, lui a obligé le roi.

— Très bien, j'y vais immédiatement.

Luchiana demande d'avoir des soldats et Nomrad lui accepta cette requête.

C'est dans ce temps orageux qu'ils descendent dans les écuries, et quittent le château de Palès pour trouver la pierre.

Ils traversent, les villages de Palès, où la population reste craintive envers Nomrad, dans l'esprit de certains habitants se disent :

« Vivement la chute de Nomrad ».

C'était cette idée que certains habitants avaient.

Ils regardèrent Luchiana et les soldats de Palès traverser le village.

Dans leur chemin, après avoir quitté le village, rien n'arrête la sorcière Luchiana, elle n'hésite pas à repousser tous objets traînent dans les alentours.

— Rien ne m'arrête, c'est pas des arbres ou d'autres du genre, qui vont me barrer la route ! s'exprime-t-elle, avec un air de barbarie.

Sur son cheval noir, la sorcière examine aussi les alentours, pour vérifier s'ils ne sont pas suivis par des personnes étrangères de Palès, surtout de Réas.

Elle trotte à vive allure, en restant concentrée sur son objectif précis.

— Il nous faut cette pierre, je pense un mauvais présage, il faut nous dépêcher ! cria Luchiana.

— Bien, madame, nous serons à vos côtés jusqu'à la fin ! hurle un soldat.

Luchiana regarda le soldat et s'en réjouit.

Mais le chemin est long pour la sorcière et les troupes de Palès.

Et ils continuèrent leur chemin en étant, plus rapide jusqu'à et vers la pierre de la destinée.

Chapitre 3
Dans la forêt

Devant l'entrée de la forêt, Raphaël commence à avoir peur, puisqu'il considère cette forêt comme hantée, et malveillante.

— Elle fait peur quand je la regarde, mais il faut y aller quand même, se dit-il.

Il rentre dans la forêt avec beaucoup de courage et de frayeur.

La forêt était sombre et vieillotte que même les forces du mal y renteront.

Il trotta délicatement afin d'éviter les mauvaises surprises.

Plus loin, Alice et Céline, accompagnée avec des soldats de l'armée, le suivent et rentrent dans la forêt aussi.

Elles retrouvent Raphaël devant eux et s'approchent de lui, mais notre jeune héros de vingt-cinq ans entendit, un bruit qui l'interpelle, qu'il regarda dans la droite et dans la gauche.

— Je sens quelque chose. Se dit notre héros.

Il descend de son cheval et marche quand, soudain, une main se pose sur son épaule. Il sort son épée précipitamment et attaque Alice et Céline.

— Attend c'est nous ! hurla Alice.

— Mais que ce que vous faites la toutes les deux ? se questionne Raphaël.

— Désolé, mais le prince Olivier a peur pour toi et nous a demandé de te surveiller, répond Céline.

— Il veut que l'on t'accompagne, il s'inquiète pour toi, il t'aime et il s'en voudra toute sa vie s'il t'arrive du mal, répond à son tour Alice.

Raphaël comprend rapidement que son compagnon veut le protéger quoi qu'il arrive, qui répond brièvement :

— Bon, d'accord, et en plus, vous êtes venu avec des soldats.

Raphaël accepta la présence de Céline et d'Alice, et ils partent tous ensemble, pour sortir de la forêt, et ils remontent sur leurs cheveux.

— Tu as peur, Céline ? lui demande Alice.

— Un peu, mais les forêts sombres, j'ai un peu peur, explique-t-elle

Raphaël était très calme, que quelques minutes après, ils semblent être perdus, que soudain, des animaux magiques arrivent face à eux.

Ces animaux étaient des centaures et des licornes, que nos héros se protègent face à eux, que les animaux racontent :

— N’aient crainte, nous vous ferons aucun mal, dit l’un des centaures en voyant nos héros sortir leurs armes.

— Qu’est-ce que vous voulez ? demande Céline avec sa corde.

— On voit que vous êtes perdus, on peut vous aider, répond un autre centaure.

— Vous connaissez la forêt par cœur ? demande Alice.

— Oui, nous vivons ici depuis des générations, explique l’une des licornes.

— Ont vas vous aidez à sortir d’ici.

C’est dans ce sourire que nos héros acceptent avec plaisir leur aide.

Ils galopent dans la forêt en restant ensemble.

La nuit commença à tomber sur la forêt, les animaux proposent à nos amies de rester chez eux pour la nuit, les trouvent sincères qu’ils acceptent.

C’est en souriant, qui trottent vers le repaire des animaux en pleine nuit, un centaure demande leurs prénoms à nos héros, et c’est dans leurs sourires qu’ils leur donnent et les animaux sont surpris de l’est voir devant eux.

Ils disent alors :

— Vous êtes les héros ayant vaincu le roi, il y a longtemps ? demandent-ils.

— Oui, pourquoi ? répond Raphaël.

— On a entendu dire qu’un jeune homme du nom de Raphaël viendrait vaincre le roi et ramener la paix, explique un centaure.

Nos amies étonnées sentent bon signe et Raphaël explique que le roi et revenu et cherchent la pierre pour savoir comment le vaincre.

— Le roi est de retour et il me cherche pour m'abattre et nous cherchons la pierre de la destinée pour connaître ses points faibles et le vaincre pour toujours, explique Raphaël.

— La pierre, personne ne l'a vue ni jamais retrouvée en cinquante ans. Elle est de couleur violette et seules les âmes pures peuvent la toucher selon la légende, raconte une licorne.

Raphaël se douta directement que la pierre ne sera pas facile à trouver, et ils espèrent réussir la mission,

Arrivée devant le repaire des animaux, ils descendent avec l'armée de Réas et ils y entrent, et aperçoivent pleins d'animaux, et Alice peu de temps après se sent fatiguée et décide d'aller dormir.

— Je vais dormir, je suis fatigué.

— Moi aussi, non c'est pas qu'on s'ennuie mais on va aller se coucher, dit Céline.

Ils prennent les couvertures et s'allongent devant un feu qui les réchauffent, sous le regard des centaures et des animaux, et tous ensemble ils s'endorment autour du feu paisiblement.

Les centaures et les licornes murmurent entre eux, mais restent aimables envers le camp de Réas.

À l'aube au lever du soleil, nos amies se réveillent, et Raphaël remarqua Alice déjà debout et il lui demande :

— Tu es déjà debout, je pensais passer du temps pour te réveiller.

— Non, je me suis levée tôt ce matin, répond-elle.

Raphaël se lève l'air fatigué, et regarda Céline qui dormait encore paisiblement et notre héros la réveilla tranquillement.

Céline se réveilla délicatement et l'armée également.

Ils se réunissent pour prendre le petit déjeuner préparé par Alice, mais les centaures et les licornes arrivent et discutent tous ensemble dans la joie et la bonne humeur.

Les minutes suivantes, ils se préparent avec les soldats, et ils partent avec les animaux jusqu'à la sortie de la forêt, et quelque temps après, ils en sortent.

— Voilà, la sortie, bonne chance et bon courage pour votre quête, mes amis, dit un centaure.

— Eh, oui, nos chemins, ils se séparent maintenant ; merci à vous et on ne vous oubliera jamais, répondit Raphaël en pleine joie.

— Il n'y a pas de quoi, mais sachez que nous serons présents à vos côtés, dit une licorne.

Raphaël, Alice et Bella, prennent et embrassent, les centaures et les licornes, on voyait des larmes sur les yeux de Raphaël.

Ils disent merci et au revoir aux animaux pour leur aide, et semblent avoir eu le courage d'y traverser avec le soutien très chaleureux des extraordinaires des animaux magiques.

— Je reviendrai leur dire bonjour.

— Oui, moi aussi, répondirent Alice et Céline.

Et ils continuèrent leur chemin, vers la pierre de la destinée, avec la carte que Raphaël avait sur lui, donné par le professeur Kurt.

Chapitre 4
Les chemins

Nos amis font toujours leur chemin, au beau milieu d'un sentier caillouteux et de sable blanc, ainsi qu'Alice dit :

— Je ne connais pas ce chemin ?

— Normal, nous n'y sommes jamais allés, répondit un soldat de l'armée de Réas.

— Je suis entièrement d'accord avec lui, mais attention, les chemins mènent toujours soit au bonheur, ou soit au malheur, explique Raphaël.

Céline était attentive et remarqua que Raphaël était encore plus calme que d'habitude. Alors elle lui demande :

— Raphaël, comment peux-tu être aussi calme ?

— Je ne sais pas mais c'est avec une habitude depuis des années. Franchement, je ne pourrais pas répondre à cette question sincèrement, lui répond calmement Raphaël.

En silence, ils arrivent devant cinq chemins différents.

Chacune de ces voies avait une couleur, bleu, jaune, rouge, blanc et vert.

Alice demanda :

— Quel chemin il faut prendre ?

— Je ne sais pas, il faut se méfier d'un piège, répondit notre jeune héros.

Alice, vient d'avoir une idée de génie, et elle descend de son cheval et s'approcha du chemin vert, et vois un caillou à terre et elle le prend ce caillou, qui ressemble à un galet, et le jette sur le chemin vert.

Soudainement, un tronc d'épines tomba sur le chemin qu'Alice hurla :

— La vache, j'ai eu peur !

— Tu as une bonne idée d'utiliser les galets, essaie avec le blanc, dit Raphaël.

Alice utilisa un galet et le jeta sur le chemin blanc et un éboulement de pierre chute.

— Essaie le rouge et le jaune ! explique Céline.

— Bien, je vais essayer, répondit Alice.

Elle prit alors deux galets et les lances en même temps, sur les chemins rouge et jaune, et le chemin rouge fit apparaître un trou énorme et le jaune des lames tranchantes.

Alors un membre de l'armée expliqua directement :

— C'est le chemin bleu, qu'il faut prendre.

Alice regarda le soldat et prit de nouveau un galet et le lança sur le chemin bleu et voit que rien ne se passe, que les pièges sont absents.

— C'est le chemin bleu ! hurla Céline.

— Oui, allons-y ! répondit à son tour Alice.

Alice remonta sur son cheval et regarda les soldats de Réas avec un sourire aux lèvres.

— Tu as raison, heureusement que la reine vous fait confiance, raconte-t-elle.

— Merci, c'est gentil du compliment, répond-il.

Les autres soldats disent aussi la même chose, et ils entrent dans le chemin bleu sans problème.

Au cours du voyage, Raphaël dit :

— L'idée du caillou est un succès.

— Merci, votre genre pour le compliment. Alice répond.

— C'est normal, il a dit.

Ils continuent leur voyage jusqu'au bout et ils trouvent une autre séparation des chemins.

Ils réutilisent la technique du caillou et voient les mêmes pièges, que celui sans piège et le chemin jaune, ils entrent dans le chemin jaune et le franchissent sans difficulté.

Ils se croisent leurs regards et Céline dit :

— Deux fois, c'est fou, dit-elle.

— Oui, je suis de ton avis ? répondit Raphaël.

Ils galopent suivis par des soldats de la reine, ils commencent à discuter.

De son côté, Luchiana est arrivée dans la forêt magique des animaux et, accompagnée de l'armée du roi, la traverse et utilise la télékinésie pour pousser les troncs d'arbre qui l'embarrassent.

— C'est démon ne doivent pas être loin, ils sont passés par là ! s'énerve Luchiana.

— Nous allons les rattraper ! répondit un soldat de Palès.

Ils continuèrent le chemin, en espérant les rattraper.

Nos héros avancent tranquillement et se retrouvent face à trois chemins différents : blanc, noir et vert.

— Alice utilise la technique du galet, demande Raphaël.

— D'accord, répond-elle.

Elle descend de son cheval et jette un caillou sur les trois chemins, mais remarque que les trois ne réagissent pas.

Raphaël, sans comprendre à son tour, descend de son cheval et demande à Céline de lui prêter sa corde.

— Vous pouvez me donner votre corde, s'il vous plaît.

— Bien sûr, mais pour quoi faire ? Céline répond en passant sa corde.

— Tu comprendras, ce que je vais faire.

— Tu es fou, c'est risqué ! cria Alice.

Raphaël attrapa la corde de Céline et la plaça autour de sa taille et demanda aux autres de la tenir.

Les soldats, ainsi que Alice et Céline se mettent en position pour tenir la corde, et Raphaël dit :

— Vous êtes prêt ?

— Prêt ! hurlent les autres.

Il a marché sur le sentier noir et est tombé dans un piège que les autres ont tiré pour le ramener.

— C'était piégeant ! cria Alice.

— Essayons le vert, explique Raphaël.

Il a avancé lentement sur le vert et, de droite, il a été tiré par ses amis pour éviter les lames tranchantes.

— Je l'ai échappé belle, dit-il avec respiration.

Il a ensuite essayé le chemin blanc et est rentré avec succès. Les autres l'ont suivi.

Raphaël retira la corde de sa taille et la ramena à Céline, puis nos héros remontent sur leurs chevaux.

En prenant le chemin blanc, et réfléchissent avec attention.

Ils ont eu quelques petites impressions et sont toujours satisfaits de cet essai, et de leur aventure importante.

— C'était compliqué celui-là, raconte Céline.

— Je pense que nous avons bien fait de tenter l'expérience, dit à son tour Alice.

En étant heureux, et les sourires qui monte vers le haut, ils continuent avec les soldats, pour trouver la relique, qu'ils recherchent découvert par le professeur Kurt.

— D'ailleurs, j'y pense à un truc, Kurt est-il aussi sympathique ? demande Céline.

— J'ai vécu pendant presque 15 ans avec lui, je sais qu'il y est et je te confirme que même à son âge, il est quelqu'un que je soupçonne de puissant, et redoutable, répondit Raphaël.

Mais notre jeune héros pense tellement à Olivier, le prince de Réas qu'il imagine sa réaction si quelque chose, lui arrivait.

Mais en gardant confiance en lui et sans le dire aux autres, il garde toujours l'espoir de pouvoir gagner la bataille contre le royaume de Palès et de vivre un avenir meilleur, heureux et beaucoup de bonheur avec son grand amour, le prince Olivier de Réas.

Chapitre 5
Le lac

Ils continuent leur voyage et au cours de celui-ci, ils arrivent devant un gigantesque lac, avec de la végétation florale et l'eau du lac qui était si claire et si brillante.

Devant ce lac, ils avaient les yeux sur l'eau de ce lac, alors Raphaël descend de son cheval, avec son épée sur sa taille et son bouclier sur son dos, et s'approcha du lac et se mit à genoux et toucha l'eau du lac en disant :

— Il faudra le traverser tôt ou tard.

Alice, et Céline descendent de leurs chevaux et s'approchent de Raphaël.

Nos amis essaient de trouver une solution pour la traversée.

— Comment allons-nous le traverser ? demande Céline.

— Pas avec un bateau, nous pourrions passer à travers les grandes lignes, répond rapidement Alice.

— Pas possible, explique Raphaël.

— Pourquoi ? disent les filles.

Notre jeune héros leur a expliqué qu'il ne fait aucun doute qu'un piège et qu'il vaut mieux passer au milieu du lac.

Les filles ne le croient pas, elles décident même de faire le tour, mais sont repoussées par un champ magnétique.

Raphaël se mit à rire et dit :

— Je vous avais prévenu.

— Oui, nous admettons notre erreur, disent avec peine Alice et Céline.

Raphaël regarda à droite, puis à gauche et voit, un pont transbordeur.

— Nous allons utiliser le pont transbordeur, dit-il.

Raphaël s'approcha alors de ce pont et essaya de l'actionner mais il ne fonctionne pas.

— Ça ne marche pas ? se dit Raphaël.

— Il doit être en panne, explique Alice.

Alors nos héros laissent tomber, et réfléchissent, à savoir comment traverser le lac.

Quelques minutes plus tard, un soldat de l'armée de la reine avait juste une idée en tête.

— J'ai une idée ! dit-il.

— Lequel ?

— Même s'il n'y a pas de bateaux, rien n'est suffisant pour le faire nous-mêmes.

— Bonne idée ! dit tout le monde.

Ils descendent de leurs chevaux et vont ensuite chercher du bois massif dans le voisinage.

Ils ramassent des planches et du bois et, pendant un bon bout de temps, Raphaël alla chercher des lianes.

Céline et Alice reviennent avec des soldats avec du bois et aident Raphaël à construire plusieurs bateaux.

— Ce n'est pas facile, raconte Raphaël.

— On réussira bien de toute façon, rajoute Alice.

Enfin, quelques minutes plus tard, ils finissent les constructions.

— Eh bien, ça ressemble à un radeau ? se questionne Céline.

— Oui, j'ai la même impression, dit Alice à son tour.

— Bah, je fais de mon mieux, tant que le lac a un radeau, donc si tu n'es pas heureux, tu dois le faire toi-même, réponds-en riant, notre jeune héros.

Un homme de l'armée s'est approché d'eux et demande :

— Et que fait-ont pour les chevaux ?

Raphaël, Alice et Céline le regardèrent et dirent :

— Flûte sacrément !

Alice regarda attentivement son collier que la fée leur avait offert il y a longtemps et elle dit :

— Le collier, ça peut marcher, enfin, je crois ?

— Bonne idée, je vais essayer de voir s'il y a un bateau de l'autre côté, répondit Raphaël.

Il a ensuite sorti son collier et appuyé sur le losange bleu pour appeler, un bateau, lorsque soudainement plusieurs d'entre eux sortent de l'eau.

— Alors nous avons fait les radeaux pour rien, dit Céline.

— Oui, mais il s'avère que nous aurons coulé, rajoute Alice.

Les bateaux arrivent, et ils montent et traversent le lac.

Alice attrapa son collier et téléporta les chevaux de l'autre côté, et elle réussit.

Tout en ramant, ils parlent doucement et arrivent de l'autre côté du rivage, à quelques mètres du pont transbordeur.

Ils descendent des bateaux et trouvent leurs chevaux qu'Alice a téléportés avec son collier.

Raphaël s'approcha et tente de l'actionner une nouvelle fois le pont transbordeur, mais ne réagit pas.

— Il doit être hors service, il n'a pas été utilisé depuis des années, pense Céline.

— Je le pense fort en effet, admet Raphaël.

Ils montent et ils galopent silencieusement en suivant le plan dans le crépuscule qui arriva.

La nuit a commencé à tomber et nos héros décident de cette pose et partent demain matin.

Ils ont installé un camp et la nuit est tombée sous une pleine lune brillante et autour d'un feu.

Raphaël et interpellé par Alice et demande de chanter sous la lune.

C'est avec plaisir que notre héros accepta la proposition et se mit à chanter joyeusement sous l'écoute des autres.

Après l'avoir terminé, tout le monde s'effondre en s'endormant que Raphaël dit :

— Les pauvres, ils étaient fatigués, se dit Raphaël.

Alors, étant le seul encore debout, il prit son bouclier et un chiffon et l'astiqua avec délicatesse.

Il regarda aussi la pleine lune en se demandant ce que le prince Olivier pouvait faire en ce moment même.

Il lui manquait tellement que son image envahit son esprit.

— Il me manque, chuchote Raphaël.

Il posa son bouclier et son épée à terre et s'allongea auprès des autres avec, en son esprit, le prince Olivier.

Enfin, il s'endormit rapidement avec des larmes qui se voyaient dans ses yeux.

À l'aube, le soleil se leva doucement, Céline se réveilla et vit déjà Raphaël debout.

Elle lui demanda :

— Que faites-vous ?

— Je prépare le petit déjeuner.

— Ah, d'accord, c'est quoi ?

Raphaël lui montra le petit déjeuner et se leva pour réveiller les autres en criant :

— Tout le monde debout, debout !

Tout le monde se lève et prend son petit déjeuner servi par Raphaël lui-même.

— On n'a pas l'habitude de manger autant, explique Alice.

— Ta, ta, ta, ta, il faut manger pour avoir des forces, répond notre héros.

Il s'en alla après avoir posé la poêle à terre, sous les rires d'Alice et Céline.

Raphaël se dirigea vers son sac de couchage, prit un miroir et coiffa doucement ses cheveux et les attacha, comme d'habitude, avec un ruban bleu.

— La prochaine fois, je vais mettre un slip sur la tête, se dit-il.

— Non, tu es bien comme ça, pas besoin de slip. Alice répond en arrivant.

Raphaël le regarda attentivement et brièvement il lui dit :

— Merci du compliment, je dis ça car j'ai rêvé d'un slip cette nuit.

Alice rit, cela ne l'étonne pas, elle savait que Raphaël était plus humoristique que sérieux.

Elle s'approcha de Céline et lui dit :

— Raphaël est peut-être sérieux en apparence mais, dans sa vraie nature, il est humoristique et très drôle.

— Je l'avais remarqué depuis un bon moment, répond Céline.

Elles rangèrent le petit déjeuner pendant que Raphaël se leva et entreprit de préparer les chevaux et de continuer le chemin.

Chapitre 6
Les dragons

En suivant la carte de Kurt, Raphaël a remarqué qu'il avait franchir le repaire du dragon dans les montagnes.

Alice avait remarqué que Raphaël commença à être inquiet, alors elle lui fit remarquer :

— Tu as l'air drôle Raphaël, tu vas bien ?

— Bien, mais, je sens quelque chose, de très sérieux, répond-il.

Céline intervient, en se posant une question :

— Tu ressens quoi au juste ?

Raphaël regarda Céline et sérieusement il lui répond :

— Nous allons vers le repaire des dragons, annonce Raphaël.

— Les dragons ? demande Alice.

— Oui, oui, les dragons, il a dit.

Alice explique qu'elle a entendu parler du repaire des dragons par sa mère et dit que les dragons sont adorables et qu'ils sont accueillants et parfois accompagnés de griffons.

— Êtes-vous sûr ? demande Céline.

— Oui bien sûr, sinon, j'aurai dit le contraire, répond Alice.

Nos amis, galopant dans les montagnes, continuent leur chemin, atteignent les montagnes.

Avec leurs chevaux, ils galopent et montent au sommet, et trouvent le repaire des dragons.

Ce repaire était grand comme si elle ressemblait à une caverne, mais sans méfiance, ils s'en approchent de trop près, qu'ils voient une silhouette d'un dragon arriver devant eux, que nos héros s'arrêtent devant lui.

À leur arrivée, ils sont bloqués par l'un d'eux en vol, et leur demandent gentiment et poliment :

— Qu'est-ce que tu veux ?

— Désolé, nous cherchons la pierre de la destinée, explique Raphaël en étant poli.

— Vous en êtes très loin, le voyage est encore long, et très long, mais, si vous souhaitez avoir des indications, entrez, nous allons vous expliquer, répond un dragon.

Le dragon sent son cœur pur et les laisse entrer dans le point de repère.

Ils descendent de leurs chevaux et les soldats expliquent qui préfère rester à l'extérieur.

— Nous restons dehors ont vous attend, raconte un soldat de Réas.

— Très bien, faites attention à vous, dit Céline au côté d'Alice très inquiète.

Raphaël remarqua cette inquiétude et lui demande :

— Alice ? demande-t-il.

— Oh oui, je vais très bien même.

Ils entrent et découvrent, pleins de dragons et de griffons, qu'ils les accueillent avec joie autour d'un feu.

— Pourquoi est-ce que tu cherches de la pierre ? dit un autre dragon.

— Pour connaître la fin du roi, raconte Alice.

Les dragons comprennent et savent que c'est pour la paix et leur expliquent que la pierre est difficile à obtenir.

Nos amis leur demandent ensuite s'ils devraient s'attendre à quelque chose.

Un des dragons leur répond :

— Des pièges et des obstacles à surmonter, mais une personne pourra vous aider à retrouver la pierre de la destinée.

Raphaël leva sa tête vers les dragons et les griffons, et se questionna sur cette personne qui pourrait les aider dans leur quête.

Alors, il demande avec gentillesse :

— Qui est cette personne ?

Un griffon regarda vers le ciel, puis à droite et enfin à gauche, et lui explique que cet homme possède des dons de magie importants et surtout, qu'il est d'une grande gentillesse et que la pierre lui appartient.

— L’enchanteur et le seul à avoir fabriqué la pierre, il te le dira sûrement, puisqu’elle lui appartient.

Raphaël fit de grands yeux, sortit la carte de sa poche et l’observa d’un bon moment et sens avoir déjà vu ça sur la carte que lui a remise le professeur Kurt.

— Le professeur Kurt l’a mentionné sur la carte, dit Raphaël.

— Justement, le professeur en avait parlé avant que tu partes.

Les souvenir de Raphaël se remit en place et se souvient donc que Kurt, lui avait dit avant de quitter le château de Réas.

— Je m’en souviens, mais vous savez la direction où il vit ?

— En montagne, vous ne pouvez pas vous tromper, ce sont deux montagnes d’ici, explique un griffon.

— Vous pouvez nous emmener là-bas ? demande Céline.

— Nous ne pouvons pas quitter le point de repère, nous voudrions mais nous n’avons pas le droit, explique malheureusement un dragon.

Les dragons regardent attentivement Raphaël et ressentent certaines choses et lui demandent avec sincérité :

— Comment vous appelez-vous jeune homme ?

— Raphaël ? Il a répondu.

— Raphaël, c'est drôle de penser que tu as quelque chose en toi, dit un dragon.

Notre héros est étonné et demande quoi :

— Qu'est-ce qu'il y a ?

— L'enchanteur va t'expliquer précisément, parce que nous ne pouvons pas savoir quoi, répondit un griffon.

Alice et Céline se lèvent et vont voir des bébés dragons et des bébés griffons qu'ils trouvent mignons, quant à Raphaël, il continua à discuter, pour plus d'informations.

Pendant que Alice et Céline sont avec les jeunes dragons et jeunes griffons, Raphaël continua sa conversation longue avec eux, et quelques minutes suivent, Raphaël se lève et explique :

— Merci beaucoup, nous vous dérangerons plus, dit Raphaël en se levant.

Alice et Céline le trouvent et demandent :

— Est-ce qu'on y va déjà ?

— Oui, nous devons avancer, répond notre jeune héros.

En quittant le repaire, un dragon lui a dit que la maison de l'enchanteur et dans cette direction, et c'est ce que le plan a indiqué.

Nos héros les remercient et rejoignent leurs chevaux et les aventuriers, suivis de l'armée de Réas, ils poursuivent leur quête en criant au revoir aux dragons et aux griffons.

Quelques minutes plus tard, ils galopent dans les montagnes, quand soudain une tempête de neige arrive près d'eux.

— Mettez des manteaux et protégez les chevaux du froid, décrète Raphaël.

Tout le monde met des manteaux sur eux et sur les chevaux.

Et ils continuent leur chemin à retrouver l'enchanteur qui a fabriqué la pierre, qui pourrait les aider dans leur quête, qui avancera la lutte et pouvoir détruire Nomrad pour l'éternité et vivre un bonheur éternel dans l'amour et la paix.

Le froid était glacial et la neige les empêche de voir les paysages.

— Faîtes attention, le vent est très fort, cria Raphaël.

Alors, ils se forcent à mieux avancer sur les couches de neige qui les bloquent dans le son de la tempête de neige, puis qu'ils grimpent les montagnes.

Chapitre 7
L'amitié

Le chemin est encore long, nos amis se suivent et se retrouvent les uns après les autres pour retrouver l'enchanteur et récupérer la pierre.

En continuant d'avancer avec leurs chevaux avec des difficultés avec cette tempête de neige qui était si forte, et si importante.

Ils arrivent aux rochers et Alice dit tout de suite :

— Il est nécessaire de gravir cette montagne, dit-elle.

— Oui, il n'y a pas trop d'alternatives, mais nous allons y arriver, répond Raphaël.

Ils descendent de leurs chevaux, mais les protègent de la tempête glaciale, et ensuite ils s'équipent d'une corde de sécurité et commencent à gravir la montagne.

— Il fait super froid, se dit Alice.

— C'est vrai, il fait super froid, répondit Raphaël

Céline, lui affirma la même chose, car elles tremblent, avec les soldats.

Quelques minutes plus tard, ils réalisent qu'au sommet, il fait un froid glacial et que la neige commence à tomber.

Ils avaient les doigts gelés, qu'ils n'arrivent plus à remuer leurs doigts.

Tenu par la corde de sécurité, Raphaël manque une prise et tombe accidentellement de la montagne, mais il est sauvé par la corde, seulement, avant de se blesser la tête aux pierres, il s'est protégé avec son bouclier.

— Raphaël ! hurla Céline.

— Attention ! cria à son tour Alice.

Au moment où des soldats de Réas voulaient aider Raphaël, mais le jeune héros expliqua

— Continuez, je viens et je vais très bien ! cria Raphaël.

Ils écoutèrent l'ordre de Raphaël et continuèrent de grimper la montagne.

Après quelques instants, Alice, Céline et l'armée de Réas arrivent au sommet de la montagne, et ils regardent Raphaël avec des difficultés, quand Céline dit :

— Courage Raphaël, on va t'aider !

— Merci !

— Nous y allons pour l'aider ! décrète Alice aux soldats.

— Oui, mais vite fait ! cria Raphaël.

Céline sort sa corde et elle la jette sur Raphaël, et à plusieurs, ils se forcent à le remonter rapidement.

— Tiens bon ! cria Alice.

Raphaël remarqua que la corde de sécurité va bientôt céder et notre héros hurla ainsi :

— Faites vite !

Les soldats mobilisent leurs forces pour aider notre héros.

Raphaël regarda la corde qui s'est cassée au même moment où il a pris la corde de Céline.

— Remontez, c'est bon ! s'exprime-t-il.

Les soldats tirent, avec l'aide d'Alice et Céline, et Raphaël grimpa avec toutes ses forces.

Quelques minutes plus tard, ils réussissent à le faire monter et en arrivant, il se jette sur Alice et Céline et lui dit :

— Merci, vous m'avez sauvé la vie.

Raphaël découvre quelque chose qui n'a pas vu depuis longtemps, c'était l'amitié.

— Tu admets pour Olivier maintenant ? demande Alice.

— Je comprends maintenant, il a eu raison et moi, j'avais tort, admet Raphaël.

Raphaël et Alice sortent après leurs colliers et appuient sur le losange bleu pour appeler les chevaux qui se trouvent en bas.

Une fois les chevaux à leur disposition, ils y montent et partent rapidement suivre le sentier qui se trouve devant eux.

Raphaël dit :

— Allons-y ?

— Oui, c’est parti, dit Céline.

Et ils repartent avec un sourire.

Ils traversent la première montagne et retrouvent l’autre.

— Voir le haut ! cria un soldat.

— Où ? demandent les autres.

L’homme montra ce qui était au sommet de la montagne, c’était une lumière jaune comme une étoile qui brille dans le ciel.

Ils comprennent qu’ils sont proches du domaine de l’enchanteur et espèrent pouvoir avoir de l’aide de sa part, pour la pierre de la destinée.

Presque, au même moment, Luchiana marchait lentement avec les hommes du roi, qui les observaient depuis son trône dans sa boule de cristal.

— Luchiana ne réussira pas ! dit le roi, en se fâchant.

— Majesté, puis-je me permettre de vous conseiller ? demande Andrew.

— Qu’est-ce que c’est ? demande le monarque.

— Je pense que vous devriez intervenir, vous ne pensez pas.

Le monarque de Palès refusa et expliqua qu’il préférait que Luchiana le fasse seul.

Le lieutenant est arrivé dans la salle du trône et a dit :

— Nous n'avons pas réussi à aller au royaume de Réas, la reine a protégé le royaume du mal. Il a expliqué.

— Ce n'est pas grave, quand j'aurai la pierre, ça ira ! répond le souverain.

— Mais tu es ultra puissant et immortel, répondit son valet.

Le roi lui confirma tout son pouvoir, mais il doute de savoir qui serait immortel.

— Pourquoi votre majesté ? demande Mitcha.

— Je me sens très faible depuis quelques jours, explique le souverain avec une aire malheureuse.

Il confirme sérieusement qu'il est fatigué depuis un certain temps.

Mitcha et Andrew s'inquiètent pour lui et sa vie, alors ils gardent le silence.

Armé de son sceptre, il regarda dans sa boule de cristal caressant son aigle noir, avec des essoufflements.

Nos héros errent toujours dans le froid et la neige en rejoignant la lumière jaune qui semble être le domaine de l'enchanteur.

Céline demanda à Alice :

— On y arrive bientôt ?

— On y arrive presque, répond Alice.

Ils arrivent quelques minutes plus tard au sommet de la montagne dont leur ont parlé les dragons et les griffons, ils ont vu la lumière jaune qui brille de mille feux.

Ils trouvent l'endroit plus chaud et décident alors d'enlever tous leurs manteaux d'eux et des chevaux.

La saison automnale habituelle y était de nouveau présente.

Ils descendent de leurs chevaux et marchent avec leurs armes et leurs chevaux, très lentement, pour s'approcher du domaine de l'enchanteur.

Ils marchèrent depuis longtemps en discutant.

— Ça doit être par là, explique Céline.

— Oui sans doute, répondent Alice et Raphaël.

Ils virent des panneaux qui leur indiquèrent le chemin du domaine de l'enchanteur et les suivent avec calme.

Chapitre 8
Chez l'enchanteur

Plus tard, ils arrivent dans un jardin extraordinaire orné de magnifiques fleurs, devant un manoir magique.

Ils l'examinent de plus près lorsqu'ils aperçoivent soudainement un homme, vêtu d'un costume violet pourpre avec des cheveux gris et une barbe-moustache grise, sortir avec une canne. Il leur dire :

— Bonjour, chers voyageurs, je vous attendais.

— Comment savez-vous que nous arrivons ? demande Raphaël.

— Je suis un magicien, un enchanteur si vous préférez, je m'appelle Clive Grimmedeux, répondit le vieil homme.

Il leur proposa de rentrer dans son manoir et de le suivre.

— Entrez, soyez les bienvenus dans le manoir.

— Nous vous remercions de votre accueil, répond Raphaël avec un plaisir en lui.

Ils laissent leurs chevaux à l'entrée du manoir, et entrent tous ensemble à l'intérieur de la demeure de l'enchanteur.

Une fois à l'intérieur, ils découvrent, partout, de nombreux objets magiques dont certains volent seuls.

— Je vous en prie, asseyez-vous. Vous cherchez la pierre, je suis au courant, annonce l'enchanteur.

— Oui, c'est exactement cela que nous cherchons, répond Alice.

— Comment le sais-tu ? demande Céline.

— C'est moi qui l'ai fait fabriquer et, la pierre, elle est protégée dans un endroit précis.

— C'est vrai, les dragons nous l'ont dit, explique Raphaël.

Nos amis ne s'attendent pas à voir le créateur de la pierre devant eux, ils veulent juste une chose, savoir où est la pierre.

Ils demandent à l'enchanteur comment la trouver.

— Mais, vous pourriez nous dire où est exactement la pierre de la destinée ? demande Céline.

L'enchanteur regarda un livre puis un tableau et il répondit alors :

— C'est dans la montagne pas loin d'ici, vous pourrez y être en quelques minutes de marche mais vous ne pouvez pas amener vos chevaux avec vous. Il est difficile de l'atteindre, vous devez passer des tests, explique l'enchanteur.

— Quel genre de test ? demanda Alice, curieuse.

L'enchanteur ne dit rien du tout, posa ses livres et leur fit la proposition de le suivre vers une grande pièce.

Nos héros et l'armée suivirent le vieil homme et rentrèrent dans la grande pièce avec une grande table avec, posée dessus, de la nourriture.

— Asseyez-vous, et mangez ces aliments, je les ai préparés pour vous.

Les soldats, Alice et Céline s'assirent sur des chaises face aux assiettes devant eux. Ils se servirent et mangèrent tranquillement.

Raphaël était encore debout alors l'enchanteur lui dit :

— Tu n'as pas faim, Raphaël ?

— Non pas encore mais je vais m'asseoir.

Raphaël s'assit sans toucher aux aliments et regarda les autres manger. Il demande à l'enchanteur :

— Comment est la pierre ?

— La pierre est violette et seules les âmes pures peuvent la toucher, répond l'enchanteur en mangeant un fruit.

Il a regardé Raphaël et lui a dit quelque chose qui le ferait froid dans le dos.

— Vous êtes Raphaël. Je sens quelque chose de fort en vous, comme si vous aviez des pouvoirs.

— Que voulez-vous dire ? lui demande Raphaël.

L'enchanteur lui demande de le suivre jusqu'à sa bibliothèque pour parler seul.

Arrivé, l'enchanteur posa sa canne et dit :

— Si vous avez des pouvoirs, ses forces que vous avez le sang de quelqu'un, et qui se manifesteront le moment venu, il lui explique.

— Qui ? demande notre héros.

— Le professeur Kurt ne vous a rien dit, je vais vous dire la vérité. Vous êtes, en quelque sorte, de la famille du roi. Vous êtes son neveu et il est votre oncle car c'est le frère de votre mère, annonce l'enchanteur.

Raphaël, abasourdi, inclina la tête et dit :

— Si c'est mon oncle, Gordon et Alia sont alors mon cousin et ma cousine ?

— Exactement, mais adoptifs, ils ne sont pas de vrais enfants de Nomrad, vous ne pouvez pas tomber dans le mal parce que l'amour que vous avez pour le prince Olivier est trop fort pour les forces du mal, le rassure l'enchanteur.

— De ce côté, je suis rassuré, dit notre jeune héros.

Raphaël demanda à l'enchanteur la raison pour laquelle sa mère ne vit plus au château de Palès.

L'enchanteur prit sa canne, lui montra une image et expliqua :

— Le jour où Nomrad est devenu diabolique, voulant absolument être le plus puissant de l'univers, ta mère s'est défendue, et par chance, a échappé aux menaces du roi de Palès. Elle a fui le château et fait la rencontre de ton père, il y a plus de vingt-ans maintenant. Ils vécurent heureux, jusqu'au moment où Nomrad vint pour les anéantir.

— Je ferai tout pour que mes parents soient fiers de moi aujourd'hui, répond Raphaël en pleurant.

L'enchanteur explique aussi en montrant l'épée, de Raphaël, qui peut avoir un pouvoir immense contre le roi.

— L'épée que vous portez, les saïs, les étoiles ninja, la corde et les autres armes que vous, les deux filles et les autres possédez ont été faites par la fée de l'île blanche, ils peuvent avoir une magie puissante, qui peut lutter contre les forces du mal mais je ne sais pas comment, j'ai cherché partout.

— Nous trouverons un moyen de le vaincre pour toujours, répondit Raphaël.

Le vieil homme revient alors rapidement à la pierre et annonce une nouvelle qui le fera froid dans le dos.

— Vous savez que seules les âmes pures peuvent toucher la pierre. Mais je veux que vous le trouviez pour éviter qu'elle tombe entre les mains du roi, dit l'enchanteur.

— Le roi ! cria Alice en arrivant bêtement.

L'enchanteur leur dit que le roi est également à la recherche de la pierre et doit avoir une solution pour la saisir.

— Il a envoyé quelqu'un à sa quête et cette personne est une sorcière, tout comme le cruel Nomrad, nommée Luchiana, dit-il.

— Je ne comprends pas ? se demande Raphaël.

L'enchanteur lui explique que le roi n'est pas un magicien, mais un sorcier noir du mal est le méchant chef suprême des ténèbres.

Céline est arrivée à son tour dans la bibliothèque par curiosité et lui a demandé :

— Que peut-elle faire la vieille sorcière ?

L'homme a expliqué rapidement que Luchiana est extrêmement puissante mais plus faible que le roi.

Inquiètes, elles décident de partir immédiatement et les deux femmes décident d'envoyer un message, et le plan que le professeur Kurt leur a donné et dans la direction où ils passent par une colombe qui envoie au prince Olivier pour les avertir du danger.

Ils disent merci à l'enchanteur et quittent le manoir, avec les soldats qui les attendaient à l'extérieur, et courent vers la pierre avec les soldats sans leurs chevaux, ce qui les laisse au soin au gentil et merveilleux enchanteur et de les récupérer plus tard.

Chapitre 9
La petite maison

Marchant à des mètres et des mètres de la zone de l'enchanteur qui doivent marcher sur les feuilles mortes de la saison d'automne, ils mettent rapidement leurs manteaux, car il y faisait froid.

Nos amis pensent aussi qu'ils peuvent s'attendre à une nouvelle attaque du roi.

Alice demanda :

— Il se pourrait que le roi sache où nous sommes. Et au cas où ont fait quoi ?

— Nous nous battrons de toutes nos forces, répond Céline.

— Exactement, parle vite Raphaël.

Quelques minutes plus tard, ils arrivent devant une petite maison, avec sur le côté un moulin.

Selon Raphaël, elle semble belle et heureuse selon lui.

Ils s'approchent de la maison et découvrent qu'elle est inhabitée.

— Surveillez les alentours et vous deux allez voir au moulin s'il n'y a pas d'indice.

Deux soldats obéissent l'ordre et partent en direction du moulin, quant aux autres, ils surveillèrent les alentours.

Ils entrent tous les trois dans la petite maison, et se rendent compte que c'est abandonné depuis longtemps, ils trouvent plein de poussière sur les meubles et les toiles d'araignées au plafond.

Pendant qu'ils regardent partout, derrière un mur troué, un homme les observant, il avait les yeux bleus.

Il resta silencieux et regarda attentivement.

Raphaël, Alice et Céline décident de fouiller la petite maison abandonnée.

— Fouillons partout, dit Raphaël.

— Même dans les toilettes ? demanda Alice.

— Même dans les toilettes, comme tu as eu l'idée tu iras là-bas, répond Raphaël.

Alice, incrédule marcha devant la porte des toilettes et ouvra la porte, quand elle dit fort :

— Ho, mon dieu c'est dégueulasse, je vais plutôt fouiller la chambre !

— Tu l'avais cherché, rit Céline.

L'homme, qui était caché derrière le mur, fit un petit bruit qui attira l'intention de notre héros.

Alors, Raphaël s'approche du mur mais l'homme claque des doigts et une lumière illumine un cadre.

Le cadre s'illumine d'un bleu étincelant.

— C'est quoi ça ? demande Raphaël en regardant le cadre plein de poussière.

Raphaël s'est approché du tableau et l'a épousseté lentement avec sa main, il a fait une découverte surprenante.

— Alice, Céline, venez voir !

Alice qui avait oublié la fouille dans les toilettes mais avait préféré de fouiller la chambre, et Céline qui était dans un bureau, le rejoignent rapidement et lui demandent :

— Vous avez vu un fantôme ou quoi ?

— Qu'est-ce qu'il y a ?

— Regarde ça, répond Raphaël en pointant le doigt sur l'image.

Ils regardent la peinture illuminée qui représentait le portrait d'un phénix bleu déchiré.

— Mais c'est quoi cela ? demande Alice.

— Je ne sais pas mais c'est lié à Réas, c'est le symbole du royaume, je ne sais pas elle s'est illuminée toute seule, répondit Raphaël.

— Comment elle a pu s'illuminer toute seule ? se questionne Alice.

Les trois amis ne comprenant pas comment et pourquoi décident d'y réfléchir plus tard.

Céline s'est approchée du tableau et a remarqué quelque chose derrière.

Elle enleva la peinture du mur et ils trouvèrent un trou avec une boîte en cristal.

Céline le saisit et le posa sur une table à poussière, puis l'ouvrit.

— Il y a une clé dedans.

— À quoi peut-elle servir ? demanda Alice.

— Gardons là, elle pourrait être utile, répond notre héros.

Quand soudainement, pendant un moment, ils entendirent un son glacé dans leur dos.

— Y a-t-il des gens ici ? demande Céline.

— Non, je ne crois pas, mais j'avais entendu un bruit étrange de ce côté ! répondit Raphaël.

Alice se dirige vers le mur ou l'homme se trouve, et traqué, l'homme caché derrière le mur disparaît dans un claquement de doigts sans que nos héros s'en aperçoivent.

Alice regarda derrière le mur et voit personne, et dit :

— Il n'y a personne ici.

Ils décident de chercher partout rapidement des indices.

En fouillant la petite maison, Alice trouva rapidement dans un tiroir des informations sur la pierre.

— Viens voir !

— Tu as trouvé quelque chose ? demande Raphaël.

— Oui, la pierre du destin est protégée par des sorts.

— Bien joué Alice, sur le chemin, nous continuons, nous devons arriver avant que Luchiana ne la trouve, dit Raphaël en se déplaçant.

Ils quittent la petite maison, et retrouvent les soldats.

— Vous avez trouvé quelque chose dans le moulin ? demande Alice.

— Négatif, répond le soldat.

Et ils marchent avec les soldats dans les bois.

La nuit tomba sur la forêt, Raphaël décida de s'arrêter.

Ils remarquent au loin, des ruines d'une ancienne abbaye.

— Regardez une abbaye, allons-y de suite, ordonne Raphaël.

Ils y entrent dans cette abbaye et placent un campement.

Pendant qu'ils sont allongés, Alice a fait un beau compliment à Raphaël pour sa beauté.

Elle dit alors :

— Ses cheveux sont bruns comme les noisettes et votre teint une des lunes les plus éclatantes.

Raphaël la regarda se coucher et répondit :

— Oh merci, tu es adorable. Il a répondu.

Il pense au prince qui regarde la lune et au château, le prince Olivier dans son lit a du mal à dormir et il a levé les yeux, et a regardé la lune pense aussi à lui alors qu'il feintait de s'inquiéter.

Alice s'assit à côté de Raphaël et leur demanda s'ils allaient bientôt vaincre le roi. Elle se tourna pour le regarder et vit que Raphaël était endormi.

— Il n'a vraiment peur de rien, dit Alice.

Elle se leva et mit une couverture sur lui et elle se coucha à son tour.

Ce matin, Raphaël faisait un cauchemar dans lequel le roi est présent et le massacre, il dit dans son rêve :

— Laisse-moi tranquille.

Puis hurlant de peur.

— Laisse-moi ! Laisse-moi ! Olivier aide moi ! Aidez-moi ! cria Raphaël dans son rêve.

Alice s'approcha de lui et l'appela en le secouant.

— Raphaël ! dit-elle inquiète.

Il a commencé à se réveiller et à respirer fort.

Au même moment, le prince Olivier se réveilla soudainement dans son lit et sentit que Raphaël avait des problèmes, il se leva et s'habilla rapidement pour l'aider.

Le professeur est arrivé et lui a demandé :

— Que faites-vous ?

— Je pars, Raphaël a des problèmes ! répond le prince Olivier de Réas.

Le professeur lui a dit qu'ils ne savaient pas où ils étaient en ce moment.

Chapitre 10
La bête du labyrinthe

Le prince Olivier réfléchit, s'inquiète pour Raphaël et veut le retrouver.

C'est dans la neige qu'une colombe est passée par la fenêtre où il était et il vit un message et le plan.

Il le prit, le lit et la colombe ne changea plus de position.

Il hurla :

— Ils ont des problèmes, je sais où ils sont. Je pars maintenant !

— Où ils sont actuellement ? demande le professeur Kurt.

Le prince lui montre la carte que Kurt avait donnée à Raphaël avant de partir et donne l'emplacement avec le doigt.

— Ils sont ici précisément, et ils vont ici. Il répond au professeur.

— C'est pas bien loin, si tu veux le rejoindre, il faut que tu prennes le même chemin que lui, explique le professeur Kurt.

Le prince rangea la carte dans sa poche, et dans la chambre, il réfléchit attentivement, afin de pouvoir le rejoindre le plus rapidement possible.

Alors, le jeune prince appela Bella, et dans cette nuit elle arriva.

— Tu m'as appelé ? que veux-tu ? demande-t-elle.

— On va rejoindre Raphaël, nous allons passer chez l'enchanteur, explique le prince Olivier de Réas.

Bella accepta de l'accompagner, et ensemble ils décidèrent de partir et les retrouver.

— Vous ne savez pas encore utiliser votre pouvoir ! s'exclama le professeur.

Le prince s'en moque et part immédiatement avec Bella et avec les armes qu'ils avaient prises.

En descendent vers les écuries, ils montent sur les chevaux, et quittent le château de Réas.

— Le château ne risque rien ? demanda Bella.

— Non, c'est protégé avec le bouclier, la rassure le prince.

Ils pensent que le royaume est bien protégé par le bouclier, traversent celui-ci sans problèmes et parcourent un chemin long pour retrouver Raphaël.

Pendant ce temps, nos amis s'empressent de devancer la méchante sorcière Luchiana, qui gagne du terrain avec les troupes du roi Nomrad.

Ils partent sous les feuilles mortes qui tombent, de cette saison d'automne, et ils marchent vite.

Mais ils sont ralentis par des obstacles ensorcelés comme le leur indiquaient les documents de la petite maison.

Ils trouvent un ravin sans fond, et Céline prend rapidement sa corde et la jette sur un pieu de l'autre côté, puis elle rattrape l'autre bout et elle a attaché à un autre pieu.

Ils passent sur la corde avec leurs pieds sur l'un et leurs mains sur l'autre.

— Doucement, doucement, dit Raphaël.

Ils passent avec beaucoup de difficulté et arrivent avec les soldats de l'autre côté.

— Ce ne fut pas long ce ravin, explique Alice.

— Non, mais si j'ai sauté, ce sera le désastre, répond Céline alors qu'elle récupère sa corde.

Raphaël se retourna et dit :

— Tout ici est un piège mortel.

— Oui, nous voyons que ça.

Ils continuent de marcher, et parviennent au dernier obstacle le plus dangereux de tous les labyrinthes.

Devant le labyrinthe, Raphaël sentit un mauvais présage mais lequel ?

Sans se douter, il s'approcha de l'entrée du labyrinthe et posa sa main sur la végétation du labyrinthe.

En réfléchissant précisément, il pense à des pièges à l'intérieur et lui vient une idée. Il regarda Céline et lui dit :

— Céline, on aura encore besoin de ta corde.

— Je crois savoir ce que tu vas faire, répond-elle sous le regard bienveillant d'Alice.

Elle a sorti sa corde et l'a accrochée, puis ils sont entrés dans le labyrinthe gigantesque.

Ils passent le plus de temps à l'intérieur à réussir malgré les pièges mortels à l'intérieur.

Ils font face à plusieurs croisements et avec l'intelligence de Raphaël, ils prennent les bons chemins.

— Restez calme, tenez la corde et il ne faut pas se séparer, recommande notre jeune héros.

Ils marchèrent dans le labyrinthe et après quelques minutes, ils arrivent au centre, du labyrinthe, que Alice dit :

— J'avais peur d'être perdue à l'intérieur.

— Il fallait faire preuve de patience et d'intelligence, répond Raphaël.

Céline récupéra sa corde en le tapotant sur le sol, et l'accroche dans sur sa taille.

Le centre était très grand et, suivi des soldats, ils voient une ombre.

Ils voient une énorme bête, qui est responsable de la protection de la pierre.

Alice cria :

— L'enchanteur ne nous a pas prévenus à ce sujet !

— Oui, quelle mauvaise chose ! cria Raphaël.

La bête s'approcha d'eux, les regarda dans les yeux, puis les attaqua. Les soldats intervinrent rapidement.

Ils échappent aux attaques de la bête, qu'avec des mouvements de cascade.

Alice jeta ses étoiles de ninja et Céline l'attaqua avec sa corde. Raphaël a également sorti son épée et Alice est passée par-derrière et l'a poignardé la bête dans le dos avec l'un de ses saïs.

Souffrant la bête, respira très, très fort est, elle tombée par terre et son corps a disparu, au fond de la terre.

Raphaël et Céline voient Alice s'approcher d'eux, et tout le monde lui dit :

— Bien joué, Alice !

Alice salua les autres en disant :

— Merci ! Merci !

Ils avancent et trouvent deux coffres au centre.

Il y en avait un à gauche qui était bleu, puis le deuxième à droite qui était jaune.

Céline et Alice décident d'ouvrir le premier à droite et sont attaquées et Raphaël crie :

— Attention !

Ils tombent malheureusement dans un piège dangereux.

— Vous l'avez échappé belle ! ajoute Raphaël avec un soufflement.

Ils prennent leur respiration, regardent le coffre bleu, s'en approchent et le regardent attentivement. Raphaël explique brièvement :

— Je vais l'ouvrir moi-même.

Notre jeune héros ouvra le second à gauche et troua une clé, à l'intérieur.

Raphaël prit la clé et dit :

— Une autre clé, il faut chercher une serrure. Puis, ils se mirent à chercher où se trouvait la serrure.

— Cherchez partout pour trouver un verrou, dit Céline aux soldats.

Quelques secondes plus tard, un soldat la retrouva, au centre du labyrinthe, située entre les deux coffres.

Il dit alors :

— J'ai trouvé !

Ils le rejoignent très rapidement en courant tous au centre où se trouvaient les deux coffres.

Raphaël sortit la clé qu'ils ont trouvée dans le coffre.

Chapitre 11
La trappe

Ils se rassemblent autour de la serrure, puis Raphaël saisit la clé et la pousse dans la serrure.

— Il ne se passe rien ? demande un soldat de Réas.

— Attendons encore un peu, le temps que ça réagit, explique Raphaël.

Ils attendent quelques secondes plus tard et un bruit d'ouverture se forme.

Ils voient une trappe végétale qui s'ouvre devant eux, comme par magie.

Elle était bien ouverte par terre devant eux.

— Voilà une trappe ! cria Alice.

— Faut rester prudent ! murmure Raphaël en silence.

Alors, ils avancent vers la trappe et aperçoivent que sa taille est plus petite qu'eux et Céline explique :

— C'est trop petit pour rentrer, ont y rentrera jamais à l'intérieur.

Raphaël essaya de passer dans la trappe et voit qu'il est trop grand pour y rentrer.

— J'y vais, je suis plus petite, propose Alice.

Alice essaya de passer par la trappe, mais elle trouve qu'elle ne rentre pas.

Ils essaient de passer mais la trappe était bel et bien trop petite pour eux.

Alice dit :

— Elle est petite, on ne peut pas passer.

— C'est vrai, c'est ce que je dis, on ne peut pas rentrer à l'intérieur, répond Céline.

Une idée envahit l'esprit de Raphaël, et il propose :

— Nous pouvons seulement creuser le tour, propose Raphaël.

— Bonne idée, répondent les deux filles.

Nos trois amis, secondés par l'armée de Réas, se sont rassemblés et se sont tous mis autour de la trappe dans le centre du labyrinthe pour creuser plus profondément avec leurs mains.

Ils prennent beaucoup de temps à creuser et remarquent que le passage ne le lâche pas et se rétrécit.

— Alors on a creusé, mais ça rétrécit, explique un soldat.

— Oui, comment vas-tu réussir ? demande Alice.

— Je ne sais pas que nous pensons, une autre méthode par magie, répond Raphaël.

Notre héros leva la tête et réfléchit avec attention, et ensuite il regarda Céline, avec un petit sourire forcé.

Céline voit Raphaël en train de la regarder, et avec étonnement, elle dit :

— Quoi ? se demande-t-elle avec de gros yeux.

Raphaël se leva, s'approcha de Céline et lui demanda :

— Tu as toujours la clé sur toi de la petite maison ?

Céline a confirmé qu'elle l'a toujours sur elle et lui a donné.

Notre héros prit la clé que lui donna Céline, s'approcha de la serrure et enleva la clé insérée pour mettre l'autre à la place.

— Ça peut marcher maintenant, se dit-il.

Il tourna la clé dans la serrure, mais ça ne va pas, puisque la clé ne rentre pas, alors explique :

— Ça ne va pas, explique Raphaël.

Un soldat a examiné sous les coffres et a demandé :

— Sous les coffres, regarde.

Ils repoussent ensuite les coffres et trouvent deux gravures au sol.

— Il y a deux gravures au sol, explique un soldat de Réas.

— À quoi cela ressemble-t-il ? demande Alice.

Raphaël s'approcha de la gravure, et remarqua que cela ressemblait à son collier que la fée lui avait offert il y a deux ans.

Ils pensent, alors, qu'il faut placer leurs colliers sur la gravure.

Mais chance, seuls Raphaël et Alice en avaient un, alors ils ôtèrent leurs colliers puis les posèrent sur les deux gravures.

Céline remit la clé trouvée dans le coffre dans le verrou et rangea l'autre de la petite maison autour de son cou.

Une lumière éblouissante les envahit quand soudain, la trappe grossit à mesure que Raphaël, Alice, Céline et les soldats s'approchent.

— C'est bon, elle a grossi, cela doit être parfait, raconte Alice.

Notre héros, Céline et Alice partent retirer alors la clé et leurs colliers de la serrure et des gravures et retournent devant la trappe.

Une fois, la trappe s'est agrandie, Raphaël dit :

— J'y vais le premier, attendez mon signal, s'il se passe quelque chose, partez d'ici immédiatement.

— C'est toi qui décides, répond Alice.

Raphaël prend un grand souffle et rentre dans la trappe, passe le premier et réussit à y rentrer sans difficulté. Il observe attentivement les alentours, pour vérifier les pièges que l'enchanteur a mis.

Absence de piège, Alice et Céline attendent encore un moment avec les soldats de Réas.

— C'est noir, on ne voit rien, s'inquiète Céline.

— Oui, c'est sûr, mais attendons son signal.

Mais elles entendent Raphaël crier ainsi :

— Vous pouvez descendre !

— OK, ne bouge pas, nous arrivons, répondit Alice.

Les autres entrent dans la trappe et arrivent et retrouvent Raphaël.

— Il fait tout noir, explique Raphaël en tenant son épée qui se trouvait au niveau de sa ceinture.

— Ne bouge pas, raconte Céline.

Ils attrapent chacun une torche, puis Céline les alluma avec deux pierres qu'elle a trouvées à terre.

Avec leurs torches, ils marchent lentement en restant rassemblé, pour ne pas être perdu.

— Aller on avance, nous y sommes presque, a expliqué Raphaël.

Ils découvrent de nombreuses étagères avec des pierres de plusieurs couleurs.

— La pierre est de quelle couleur ? demanda Céline.

— La pierre est violette, l'enchanteur me l'a expliqué, mais il y a beaucoup de pierre violette, faut trouver lequel, répondit Raphaël.

Quand soudainement, en marchant, la trappe s'est soudainement fermée.

Ils tournent leurs têtes brusquement vers la trappe et Raphaël rassure aux autres :

— Pas de panique, je n'ai dit pas de panique, il y sans doute une issue de secours quelque part, dit Raphaël pour rassurer tout le monde.

Tous rassurés, par les mots de Raphaël, et ils marchent ensemble devant les étagères et cherchent la pierre.

— C'est tout bizarre de rentrer dans un endroit protégé, raconta Alice à Céline.

— Mais l'enchanteur le sait donc nous ne risquons rien, répond-elle.

Raphaël intervient en expliquant aux filles :

— Il a dit que la pierre peut être touchée par les âmes pures, alors c'est notre cas, donc… raconte-t-il.

Elles regardent Raphaël en silence, et très calme, continuent à avancer lentement et à admirer les pierres colorées, en cherchent rapidement la pierre de la destinée, qui est parmi toutes ces pierres.

Chapitre 12
La pierre

Ils marchent partout de droite à gauche, restent ensemble et voient avec leurs torches et Alice cria remarqua une lumière brillante qu'il l'interpelle :

— Raphaël regarde !

Il s'approcha d'elle et regarda de près ce qu'elle voyait.

— Tu as vu quoi, Alice ? demande Raphaël.

Alice pointe ce qu'elle voit du doigt et Raphaël regarde dans la direction des yeux d'Alice, et il voit aussi la lumière brillante.

C'était un objet à distance, qui pouvait être la pierre de la destinée.

— La pierre est là ! cria Raphaël.

— C'est elle, répond Céline.

Alors qu'ils approchaient de la lumière brillante, et s'approchent trop, ils trouvent la pierre de la destinée, qui était bien violette avec une bulle de protection qui la protège vaillamment.

Raphaël s'approcha tout seul de la pierre de la destinée, sans la quitter des yeux, et la regarda en tournant autour d'elle qui ressemblait vraiment à une améthyste.

Il s'approcha sa tête plus près.

— Prendre soin de toi ! hurlent les soldats.

— Ne vous en faites pas, je suis sûr que la pierre est pleine de joie, comme l'enchanteur est une personne bienveillante, alors… répondit notre jeune héros.

Raphaël regarda de nouveau la pierre de la destinée, passe sa main à travers la bulle de protection contre le mal et la saisie sans difficulté.

Cependant, en la tenant, un flash et des images défilent dans son esprit et il a une vision.

Dans celle-ci, il aperçoit le roi Nomrad dans le château de Palès, qui était en feu, il était dans la peau de quelqu'un qui était aidé mais qui ?

Puis, l'image était floue, et qu'il affronter le roi de Palès, et qu'il avait son épée et son bouclier avec lui.

Raphaël revient à la réalité et prit un grand souffle, que Céline lui demanda :

— Tu as vu quelle image ?

— J'ai eu une vision, dit-il.

— Ah, mais qu'est-ce que c'est exactement ? demandent les autres.

— J'ai vu le château de Palès en feu, et un homme qui affrontait Nomrad, avec de l'aide, il a répondu.

Alice sourit et garde l'espoir pour toujours.

Elle dit alors :

— Qui va le battre ?

— Je ne sais pas, je n'ai pas vu son visage, l'image était floue. Mais je peux vous dire qu'il avait mon épée et mon bouclier, je suis sûr que ce n'était pas moi. Et aussi, il va lutter contre quelque chose de mal, répond Raphaël.

Alice et Céline, ne peuvent pas savoir non plus, qui est cette personne, ils réfléchiront sur cet avenir qui peut être proche pour eux.

— Nous verrons bien, à l'avenir, dit Raphaël.

Notre jeune héros tient la pierre dans sa main et pendant que les autres baissent leurs têtes, Raphaël prend discrètement une autre pierre violette et range la vraie pierre de la destinée dans sa poche droite. Il garde la fausse pierre entre ses mains, puis Céline lui demande :

— Eh, comment était cette personne ?

— Je ne sais pas, c'était flou, mais c'était un homme, qui est aidé par quelqu'un d'autre, répond notre héros.

Sans continuer la conversation, Raphaël baissa sa tête, quand Alice cria :

— Raphaël !

Ils regardent vers Alice, et ils voient qu'ils sont interrompus par Luchiana et ses troupes et elle leur dit :

— Vous devez faire la différence entre l'imaginaire et la vie réelle.

— La vieille sorcière ! cria Céline.

— Nous devrons faire face à quelqu'un de puissant ! explique Raphaël aux autres.

Luchiana s'approcha de lui et lui demanda :

— Donne-moi la pierre et tes amis et toi serez épargnés.

— Comme la reine Marianne dit que vous allez aux diables ! s'exclame Alice.

Les troupes commencent à encercler nos héros et leurs soldats en les approchant.

Elle lui a demandé pour la dernière fois la pierre et notre héros lui répond directement.

— Si tu fais quelque chose, je le détruis !

— Vous pouvez vous défendre ! s'exclame Luchiana.

Nos amis paniquent, devant elle, les armes à la main.

Elle a rapidement dit à Raphaël que pendant des années, il n'avait pas su que le roi était son oncle.

— Nomrad est peut-être mon oncle mais je n'aiderai jamais son chantage diabolique.

— Mais le roi t'aime comme si tu étais son fils, et c'est ton oncle, il est la seule famille qui te reste, répondit Luchiana, en étant douce.

Raphaël la regarda attentivement et demanda :

— C'est mon oncle mais il veut quoi ?

Raphaël stupéfait avec Alice et Céline, il a expliqué que si le roi a de l'amitié pour notre jeune héros, il va falloir l'oublier.

— Si c'est mon oncle pour moi, il peut m'oublier, ma famille, c'est eux et Olivier et je ne les quitterai jamais ! lui répond Raphaël sérieusement.

Il pense que le roi a deux options, l'abattre ou avoir une relation avec le roi.

Mais quelque part derrière les étagères, un homme les observant longuement et voit qu'ils sont dans une mauvaise impasse, et décide de vouloir les aider.

— Ils vont voir l'armée de Palès ! dit l'homme en murmurant.

Il regarda une étagère, et poussa une étagère, et elles s'effondrent les unes sur les autres.

Alice les interrompt et crie :

— Attention, les étagères tombent !

Luchiana s'approcha vite de nos héros, et Alice fait une technique de karaté sous les yeux des autres incrédules, et sans le faire exprès, Alice a accidentellement donné un coup de pied au visage de Céline, ce qui a ensuite provoqué son agacement.

— Tu m'as fait mal !

Raphaël sans réfléchir, hurla :

— Sortons vite !

Raphaël court, suivi des autres, et les étagères tombèrent les uns contre les autres principalement sur l'armée du roi.

C'est dans cet éboulement que l'armée de Nomrad tombe sous les décombres, et l'homme caché disparaît et prévient l'enchanteur par télépathie.

C'est dans cette belle journée automnale que le vieil homme, dans sa demeure entendit, l'appel et sent, un mauvais présage, il entendit le message de quelqu'un, et dit :

— J'y vais maintenant ! explique-t-il.

Il posa ses livres, prit sa canne magique et se prépara pour les rejoindre.

Chapitre 13
L'attaque

Alors que les étagères s'effondrent, nos amis tentent de trouver une issue.

— Trouvez une sortie d'urgence ! cria Raphaël.

Et ils courent partout et se battent en même temps contre les soldats du roi.

Pendant quelques secondes, ils se retrouvent et Céline voit une lumière.

— C'est la sortie, il y a une porte de sortie !

Ils suivent tous Céline et laissent la sorcière et les soldats du roi à l'abandon.

En quittant la pièce où se trouvent les pierres, ils arrivent et tombent tous par terre et se retrouvent sur un lieu inconnu au paysage d'automne, dans le crépuscule, puisque la nuit allait bientôt tomber.

Ils se lèvent et Raphaël met la fausse pierre de la destinée dans sa poche gauche fermée.

Alice dit :

— Où sommes-nous ?

— Je ne sais pas, mais j'ai l'impression de connaître cet endroit, répond Raphaël avec un air de déjà-vu.

Ils marchent et trouvent des squelettes partout.

— Je suis déjà venu ici, il y a longtemps, explique notre jeune héros.

— Que pourrais-tu faire ici au beau milieu de rien ? demande Céline.

Raphaël réfléchit sérieusement, et ses souvenirs reviennent dans sa mémoire.

— C'est ici que j'ai battu et j'ai vaincu le roi la première fois, ils y avaient bientôt cinq ans, a répondu notre jeune héros.

— Je n'y étais pas moi, je suis partie ce jour-là à la fontaine magique ! répondit Alice.

Les soldats qui regardent, les lieux s'en souviennent aussi de ce lieu, c'était les campagnes rocheuses.

Ils s'avancent doucement, mais le roi les regardait toujours dans sa boule de cristal et disait :

— Les petits monstres, rien n'est encore joué ! s'exclama le monarque.

Andrew et le lieutenant arrivent dans la salle du trône et demandent :

— Luchiana doit avoir un tour dans son sac, leur expliquent-ils.

— Oui, on verra, réponds au regard du souverain sur sa boule de cristal sur son trône.

Raphaël et ses amis, suivi des soldats qui marchaient lentement.

Mais Raphaël, Alice et Céline entendent, des craquements de feuilles mortes, ils regardent partout et sortent leurs armes, par sécurité.

Quand soudain l'armée du roi fut présente, ils les encerclèrent et Luchiana arriva à son tour et menaça de les tuer si Raphaël ne lui donnait pas la pierre.

Elle tend la main et s'écrie :

— Tu me donnes la pierre maintenant ou tu meurs !

Ils savent qu'elle est dans sa poche, alors Raphaël prend une fausse pierre qui se trouve dans la poche gauche et la lui donne.

— Très bien, tuez les autres ! elle a décrété avec la fausse pierre dans ses mains.

Les soldats du roi s'approchent des héros et Raphaël crie :

— Maintenant !

Et la bataille a commencé entre le bien et le mal.

Luchiana se retourna et décida de les tuer immédiatement.

— Tuez-les, malheureux ! décrète-t-elle.

Alice jeta une étoile de ninja sur sa main.

Céline lança sa corde sur ses jambes et la sorcière Luchiana tomba au sol, et la fausse pierre vola.

Céline le récupéra rapidement et Raphaël dit avec rapidité :

— Passe-le-moi !

Céline lui a donné la fausse pierre et se retourne vers Luchiana.

Il s'exclame ainsi.

— Tu le veux !

— Donne-moi cette pierre ! dit la sorcière très en colère.

Notre héros a jeté la pierre dans les rochers et elle s'est cassée en mille morceaux.

— Vous ne l'avez pas, je ne l'ai plus ! il a dit.

La méchante sorcière avec son pouvoir de télékinésie poussa Alice et Céline, puis elles se levèrent lentement.

— Prends soin des autres ! Moi, je m'occupe d'elle personnellement ! cria Raphaël.

— Nous nous occupons des troupes de Palès, fais attention à toi, cette femme est bien plus puissante que nos précédents adversaires, encourage Alice, à Raphaël.

— Ne t'inquiète pas pour moi, elle perdra la bataille comme les autres, murmure Raphaël.

Notre héros s'approcha de la sorcière qui était sur un rocher, et traverse le chemin au beau milieu des combats.

Ensuite, il s'arrêta à quelques mètres d'elle, et avec son épée et son bouclier, il la regarda de près.

Elle aussi le regarda de près, puis elle sortit deux épées.

— Mauvaise approche au nom du roi, je vais vous anéantir !

Raphaël avec son épée et son bouclier, regarda la sorcière Luchiana, avec un regard diabolique, et propose :

— Je propose, un combat à main nu ! dit Raphaël à Luchiana.

— Comme tu voudras, je suis une experte en combat ! dit la méchante femme.

Ils jettent alors leurs armes à terre.

Et Luchiana explique :

— Je suis très forte au combat à mains nues !

— C'est ce que l'on verra, mais sache que j'ai vaincu les autres et je peux le refaire encore une nouvelle fois, mais Nomrad, ne m'impressionne pas du tout, il est stupide ! répondit méchamment Raphaël.

Luchiana, énervée, se sent narguée, craque ses mains, ses jambes et ses bras et se met en position d'attaque.

Ils se regardent pendant quelques secondes et Raphaël fonce sur la sorcière de Palès et le combat physique commença entre notre héros et la sorcière Luchiana.

Les coups de poing et les coups de pied sont de la partie.

Raphaël prit la jambe de Luchiana et l'envoya sur les rochers, et la sorcière fonça sur notre héros, pendant que Alice, Céline et l'armée de Réas combattent l'ennemi.

Elle n'hésite pas à utiliser la magie et les coups contre notre jeune héros.

Elle repoussa Raphaël, qui se protège avec ses mains, et passa en dessous de la sorcière, et lui donna un violent coup de pied dans le ventre, qu'elle tomba.

Elle se relève rapidement, et s'exprime avec méchanceté :

— Tu ne gagneras jamais ! s'exclame Luchiana.

— Jamais tu gagneras ! répondit, énervé, Raphaël en position de combat.

Et la lutte continua entre eux.

La sorcière Luchiana fit des mouvements impression que notre héros n'avait jamais vus auparavant de sa vie.

Il esquive les coups et le duel était serré entre eux, que Luchiana n'en croit pas ses yeux, et pense, qu'elle a affaire, d'un homme puissant et redoutable.

Elle se dit que personne n'a pu la vaincre dans un combat à mains nues ;

Elle décide d'utiliser toutes ses forces en elle pour anéantir Raphaël.

Chapitre 14
Le duel

Le combat continua entre Raphaël et Luchiana.

Il n'a jamais affronté quelqu'un d'aussi puissant.

C'est dans ce temps d'automne que se bat et la confrontation reste juste.

La sorcière n'hésite pas à utiliser la télékinésie pour repousser notre héros, qu'elle lui jette du bois.

Il est tombé sur un rocher et elle l'a attaqué rapidement.

— Je suis trop forte pour toi misérable ! elle a dit méchamment.

— J'ai beaucoup battu avant, et j'ai l'intention de faire la même chose avec vous ! s'exclame Raphaël.

La lutte continue et ils s'éloignent dans les montagnes rocheuses.

Alors qu'Alice et Céline aux côtés de leurs soldats combattent les troupes du roi avec leurs armes. Mais de leur côté, le prince Olivier et Bella se trouvent dans les montagnes non loin des combats.

— Où sont-ils ? demande Bella.

— Je ne sais pas, allons voir dans ce manoir, répond le prince Olivier.

Ils descendent de leurs chevaux, et s'approchent de la demeure de l'enchanteur.

Ils entrent dans la maison et reconnaissent les cheveux de nos héros qui se trouvent à l'entrée du domaine.

L'enchanteur revient de sa bibliothèque et rencontre le prince et Bella.

— Qu'est-ce que tu voulais ?

— Vous n'avez pas vu un homme d'environ vingt-cinq ans avec deux femmes.

L'enchanteur leva la tête et affirma qu'ils sont venus ici et leur demanda :

— Pourquoi, y a-t-il un problème ?

Bella explique à l'enchanteur que Raphaël et les autres sont tous en danger.

Le vieil homme leur annonce qu'ils sont actuellement dans les montagnes rocheuses, où ils se sont battus contre le roi la première fois.

— J'allais justement partir les rejoindre dans les montagnes rocheuses car j'ai reçu un appel de détresse !

— Je sais où c'est ! a crié Bella.

— Tu me guides ? et comment tu sais que c'est là ? demande Olivier.

Bella lui expliqua que c'est dans les montagnes rocheuses qu'ils ont affronté Nomrad la première fois, il y a cinq ans plus tôt.

Olivier comprend alors, l'histoire de Bella, avant de partir, ils remercient l'enchanteur et le vieil homme leur a expliqué qu'ils devront faire face à une sorcière redoutable.

— Vous devrez faire face à une femme extrêmement puissante et diabolique. Vous aurez besoin de renfort, dit-il.

Il décida quand même de les accompagner comme prévu, et contacta les dragons, les griffons, les centaures, les licornes et les autres animaux pour les aider.

Et ils quittent le manoir pour rejoindre Raphaël et les autres.

Dans les montagnes, le combat a continué.

Luchiana continue à se battre sérieusement contre notre héros et à l'attaquer avec son pouvoir.

— Tu es faible ! s'exclama-t-elle.

— Pas tout à fait, j'ai toujours un tour dans mon sac ! répond sérieusement Raphaël.

Luchiana vit, une épée et Raphaël attrapa sa jambe et repousse l'épée pour empêcher Luchiana de le prendre

Quelques minutes plus tard, elle parvient à repousser notre héros sur un rocher, et le rend inconscient, puis tente de le blesser sérieusement sans le tuer.

Quand soudainement, elle reçut une flèche qui lui effleura le bras.

Le prince Olivier accompagné de Bella et l'enchanteur arrive à la rescousse.

Il brandit son arc et une flèche contre elle et dit :

— Laisse-le ! s'écria le prince Olivier de Réas.

— Pensez-vous être plus forts que moi ! répond-elle.

— Pas tout à fait, mais eux oui ! crie Bella.

Les animaux magiques arrivent à leur tour et l'enchanteur avec sa canne demande aux dragons, aux griffons, aux centaures et aux licornes etc... de foncer sauver Alice, Céline et les soldats de la reine et attaquer l'armée de Palès et ils obéissent.

Le prince Olivier dit alors :

— Si tu veux le toucher, tu devras passer par moi !

— Quand le roi l'a tué, vous serez mort ! répond Luchiana.

Elle essaya d'attaquer le prince Olivier mais il ferma les yeux quand soudain toute la puissance de l'hiver lui parvint.

La glace a bloqué les avances, la neige l'a empêché de voir et le froid l'a immobilisé et l'a expulsé en arrière.

Il ouvrit les yeux et ne comprit pas.

Furieuse, elle se lève et se met dans une colère noire et décide de partir avec les troupes.

Elle disparaît pour rejoindre le roi du royaume de Palès par un vent glacial.

L'enchanteur cria :

— Lâche !

— Ils ont peur de nous, ils préparent un mauvais coup ! explique Bella.

Luchiana réapparaît avec les troupes devant le roi assis sur son trône, dans cette chaleur d'été et de feu.

À genoux, la sorcière ne dit aucun mot au monarque, que Sa Majesté explique :

— Vous avez vaillamment combattu, vous méritez une récompense, dit le monarque en se levant, son sceptre à la main et son aigle noir à l'épaule gauche.

Andrew, son serviteur, lui apporta la récompense et demanda au roi :

— Es-tu vraiment l'oncle de ce misérable, Majesté ?

Le roi le regarda et confirma qui l'est bien.

— Vous avez pensé au départ le tuer, dit Mitcha, le lieutenant de Palès.

Le roi a prétendu que son plan initialement, mais cela ne changera rien malgré que ce soit son neveu, et lui son oncle.

Et les ennemis discutent entre eux afin de trouver un nouveau plan d'action contre Réas.

Au même moment, dans les montagnes rocheuses, le prince Olivier et Bella, accompagnés de l'enchanteur, rencontrent Alice et Céline, ils trouvent, l'épée et le bouclier de Raphaël, que Céline ramassa et ils rejoignent Raphaël à terre dans les feuilles mortes.

Notre héros est à terre et le prince Olivier le prend dans ses bras.

L'enchanteur s'approche de lui et les affirme :

— Il n'est pas mort, mais inconscient, il a dit.

Le prince toucha son visage merveilleux et Alice expliqua :

— Ses cheveux sont bruns comme les noisettes et sa peau est la plus brillante des lunes.

Le prince à genoux sourit en la regardant, puis se tourna vers Raphaël et lui donna un amour abattu.

Céline explique au prince que le roi est prêt à tout pour le tuer.

Le prince pense directement à le protéger lui sa famille, ses amies et Raphaël et empêché le roi d'avoir les pleins pouvoirs.

— Il veut tuer Raphaël, mais il passera par moi ! explique-t-il.

Raphaël commença à ouvrir les yeux et voit le prince devant lui, et il se met à sourire et le prend dans ses bras.

Il se releva tranquillement et récupéra son épée et son bouclier.

Chapitre 15
La réussite

Une fois relevé, Raphaël demanda au prince Olivier de Réas :

— Comment as-tu fait pour nous trouver ?

— On a reçu le message que vous nous avez envoyé, répond le prince.

— J'admets mon erreur, si je pars seul, je ne m'échapperai pas.

L'enchanteur affirme qu'il a été prévenu du danger en disant :

— J'ai reçu un message par télépathie.

Raphaël et les autres expliquant qu'ils n'ont rien fait.

Sans comprendre, l'enchanteur demanda :

— Où est la pierre ?

— Il l'a détruit à cause du roi, répondent Alice et Céline.

Raphaël se mit à rire et mit la main dans sa poche et sortit la vraie pierre.

— La pierre est là, dit-il.

— Qu'est-ce que c'était ? demande Alice.

— Une fausse pierre que j'ai prise discrètement dans la pièce où se trouvaient les pierres, mais c'était facile, car les forces du mal ne peuvent pas la toucher et Luchiana l'a prise or c'est une fausse.

L'enchanteur avoue et le félicite pour le courage qui a eu et ramène leurs cheveux qui avaient laissé devant le manoir.

Ils remercient les dragons et les animaux magiques ainsi que les griffons pour leurs précieuses aides.

— Je vous remercie, de tout mon cœur vous serez gravé dans mon cœur, dit Raphaël en pleurant.

Les animaux et les dragons sourient et expliquent :

— C'est normal, tu nous as déjà libérés du roi une première fois, c'est à nous de t'aider et nous serons toujours là à tes côtés.

Nos amis montent à cheval et le prince demande à Raphaël :

— Tu montes avec moi mon cœur ?

— Oui, comme d'habitude, répondit-il.

Notre héros donne la pierre de la destinée à l'enchanteur qui la protégera sérieusement.

— Je vais le protéger très sérieusement, si vous réussissiez à passer les pièges, les forces du mal auront réussi, dit-il.

Ils croient avoir réussi leur mission et expliquent aux autres ce que notre jeune héros a vu dans la pierre.

Bella stupéfaite dit :

— Un homme de notre camp, tu penses ? demande-t-elle.

— Je ne sais pas, je vous expliquerai plus tard, dit Raphaël.

Céline regarda l'enchanteur et lui proposa :

— Voulez-vous qu'il vous ramène ?

— Non, merci, ils vont me ramener ! répond-il.

Les animaux magiques ramènent l'enchanteur dans sa demeure et crient :

— Au revoir !

Ils galopèrent sur le chemin du château avec un sourire dans ce crépuscule.

Cependant, Céline regarda Bella et lui donna la clé qu'elle a trouvée dans la petite maison.

— Tiens, je t'en fais cadeau, une clé et j'ignore ce qu'elle ouvre.

— Merci, je vais lancer l'enquête, répondit Bella.

Et elle place la clé autour de son cou.

Raphaël dit :

— Selon l'enchanteur, nos armes ont un pouvoir énorme, mais ils ne savent pas comment elles fonctionnent.

— Vous le trouverez bien, répond Alice.

Raphaël devant le prince Olivier à cheval lui a dit quelque chose d'inattendu.

— Vous savez que l'enchanteur m'a dit que le roi était mon oncle et que l'amour que j'ai pour toi est fort contre lui.

Alice sur son cheval a annoncé aux autres sa façon ridicule :

— J'ai donné un coup de pied à Céline.

— Oui, elle a fait croire à la vieille sorcière qu'elle savait faire du karaté pour qu'elle me frappe, explique en s'amusant Céline.

Bella la regarde et rit à son tour.

Quelques minutes plus tard, ils arrivent rapidement à l'entrée du château de la reine et espèrent ne plus avoir à traiter avec le roi.

— Le roi est dangereux, il reviendra ! cria Alice.

— Oui, je suis de ton avis, répondent les autres.

Ils rentrent dans le château et retrouvent le professeur Kurt.

Le prince Olivier a demandé :

— Maman est revenue ?

— Non, elle reviendra demain, répond le professeur Kurt.

Ils expliquent rapidement au professeur comment se sont passées les aventures.

— Professeur Kurt, j'ai réussi à repousser l'ennemi avec la neige, comme c'est fait.

Le professeur releva rapidement la tête et Raphaël intervient :

— Normal, si tu es le fils de la reine, vous avez les mêmes pouvoirs qu'elle, elle pratique le froid, neige et glace, donc vous avez la même chose.

Notre héros se tourna et regarda le professeur Kurt et lui demanda :

— Pourquoi ne m'as-tu pas dit que le roi était mon oncle ?

— Oui, je le savais, je vais tout t'expliquer, il a répondu.

Le professeur Kurt et Raphaël se promènent ensemble pour discuter de sa parenté avec le roi et des pouvoirs qu'il peut avoir.

Le professeur Kurt affirmait exactement à notre héros ce que l'enchanteur lui avait expliqué.

La nuit tomba dans le royaume de Réas, Raphaël revêtit ses plus beaux vêtements et sortit avec sa magnifique tenue rose magenta.

Il quitte sa chambre et se promène dans les couloirs pour rejoindre les jardins en chantant avec les oiseaux de l'hiver.

C'est sous cette chute de neige que le prince Olivier est arrivé en chantant aussi.

Les mêmes mots que notre héros.

Raphaël s'est retourné lentement et ils ont chanté ensemble.

Le prince et Raphaël s'approchent d'un banc et regardent la lune.

Le prince Olivier sort, un paquet emballé bleu et blanc, et ainsi Raphaël souriant dit :

— C'est pour moi ?

— C'est pour toi, mon amour, répondit le prince de Réas.

Raphaël prit le cadeau, arracha le papier cadeau et fit paraître une boîte bleue et se demande ce qu'elle contient.

Il leva le couvercle et trouva un œuf en cristal rose à l'intérieur et notre jeune héros dit :

— Qu'il est magnifique, je suis content du cadeau que tu m'offres, merci, Olivier.

Raphaël embrasse le prince de Réas et il remet l'œuf en verre rose dans la boîte et la pose sur le banc.

— Tu me donnes l'impression d'être l'homme le plus heureux sur terre, dit le prince en prenant les mains de Raphaël.

— Je serai toujours présent à tes côtés Olivier, toi aussi tu me donnes l'impression d'être aussi l'homme le plus heureux sur terre, dit Raphaël avec ses yeux plongés dans les yeux, bleu azur, du prince Olivier.

Ils regardent la neige tomber, la lune et les étoiles au ciel et s'embrassent sous une pluie d'étoiles et de flocons de neige, disposés autour des fleurs éternelles.

Les prochaines aventures dans :

Raphaël 6 : Et la Puissance du Cristal

Inspiration

La mythologie, l'histoire, les auteurs et la vie quotidienne m'ont beaucoup inspiré.

Remerciements

Je remercie très chaleureusement mon entourage pour leur aide et leur soutien pour la création, la correction et la réalisation de cette ouvrage.

Je remercie, bien entendu, plusieurs auteurs et réalisateurs notamment :

George Lucas :
Star Wars : Clone Wars.

Jeanne Marie Le prince de Beaumont et les Studios de Walt Disney :
La Belle et la Bête

J.K Rowling et Warner Bros :
Harry Potter et la Coupe de Feu
Harry Potter et l'Ordre du Phénix

qui m'ont beaucoup inspiré.

Imprimé en Allemagne
Achevé d'imprimer en janvier 2021
Dépôt légal : janvier 2021

Pour

Le Lys Bleu Éditions
83, Avenue d'Italie
75013 Paris

www.ingramcontent.com/pod-product-compliance
Lightning Source LLC
LaVergne TN
LVHW050320160826
845677LV00014B/3488